美妙色彩變變變

認識光和顏色

〔意〕Agostino Traini 著 / 繪

張琳 譯

新雅文化事業有限公司
www.sunya.com.hk

水先生感到非常無聊：現在，他被困在一個小水坑裏，以前這裏可是個美麗的小湖泊。

好多天沒有下雨了，水先生現在無法離開這個小水坑。

「好無聊啊！」他抱怨道。

雨水有什麼作用？

參考答案：
可以淨化空氣、滋潤植物、
促進生態循環等。

一天，一個男人來到了這裏，他背着許多奇怪的東西。

這個男人名叫卡爾米尼奧，他是一個畫家，他想畫下這裏的美麗風景。

他拿出畫架、小板凳、畫筆、顏料和一個大罐子。

小朋友，你喜歡畫畫嗎？請你畫一幅畫送給你的爸爸媽媽或者好朋友吧！試試看，他們一定會很高興收到你這份禮物。

太陽光是白色的，但為什麼日出和日落時，太陽光看上去是紅色的？

太陽的白光是由紅、橙、黃、綠、藍、靛、紫等各種顏色的光組成。當日出或日落時，由於太陽白光在地平線下經過大氣層多次的折射，而空氣中的分子和灰塵把陽光中的紫、藍等色光散射了，只餘下紅光進入我們眼睛，所以令我們看到紅色的天空。

卡爾米尼奧將大罐子裝滿水，然後，他用畫筆蘸上了黃色的顏料，在紙上畫出了一個太陽。

當他用大罐子裏的水洗畫筆時，水先生也變了顏色。「哇，我變成黃色了！」他興奮地叫道。

現在，卡爾米尼奧要畫天空了：他用畫筆蘸了點藍色顏料，然後塗在畫紙上。

「好美的藍色！」水先生讚歎道。

畫完天空，卡爾米尼奧又把畫筆放入大罐子的水裏清洗。現在，水先生應該全部變成……

「藍色！」你們一定會這麼想。

不是，他變成綠色了！

「好奇怪啊！」水先生驚歎道。

除了天空是藍色的，你還知道什麼物體也是藍色的嗎？什麼物體又是黃色的呢？說說看。

色彩是有不同色調的，你知道哪些顏色是暖色調，哪些顏色是冷色調嗎？

紅色、橙色、黃色屬於暖色調，通常暖色調會給人一種親密、溫暖的感覺；青色、藍色屬於冷色調，通常冷色調會給人一種距離、寒冷的感覺。此外，還有紫色、灰色、白色等屬於中性色的顏色。

卡爾米尼奧繼續畫畫。

每一次清洗畫筆時，水先生都會變換顏色。

可以變出多少種顏色呢？好多好多呢！

為了清洗畫筆，卡爾米尼奧需要經常更換大罐子裏的水。

不一會兒，小水坑就變得五彩繽紛了。

「這個遊戲真好玩！」水先生笑着說，卡爾米尼奧讓他恢復了好心情呢。

「色彩會讓心情好起來！」卡爾米尼奧總結道。

不同的顏色會影響人的心情，想一想，你最喜歡什麼顏色？為什麼？

別擔心，我只用天然顏料，
不會污染環境的！

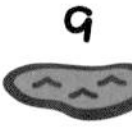

為什麼會打雷？

因為雲朵的不同部分帶有不同的電荷，當帶有不同電荷的雲朵相遇時，就會放電，發出閃亮的閃電和驚人的雷聲。雲和地面之間也會發生閃電現象，所以當我們在戶外，正好又聽到雷聲時，請記住千萬不要在樹下躲避啊，否則這樣會很容易被雷電擊中。

然而，此時，遠處傳來隆隆的雷聲，預示着一場暴風雨即將來襲。

畫家收拾好他的工具，向山谷跑去。

雨水沖刷着山脈，水坑很快又重新變大了，又變成了清澈的小湖泊。

湖水不斷聚集，匯成溪流。

水先生又能自由地奔流了。

水是沒有顏色的，但為什麼大海看上去大都是藍色的呢？

太陽光由紅、橙、黃、綠、藍、靛、紫七種顏色的光組成，當太陽光照射到大海上，紅光、橙光這些波長較長的光，能不斷地被海水和海裏的生物所吸收。而像藍光、紫光這些波長較短的光，大部分一遇到海裏的阻礙就紛紛散射到四周去了，或者乾脆被反射回來了。我們看到的就是被散射或被反射出來的光，所以我們看見的大海就是藍色的了。

回到大海後，水先生把與畫家一起玩的神奇色彩遊戲告訴了他的朋友們。

大家都聽得入了迷……

直到太陽先生去睡覺，天都暗下來，小伙伴們才停止討論這個話題。

沒有光線，顏色就不存在了，大家都準備睡覺了！

除了太陽光，你還知道什麼照明的工具嗎？

參考答案：
電燈、手電筒、蠟燭、火把等。

為什麼我們要洗澡？

因為我們經常會出汗，皮膚上會沾染一些灰塵、細菌和皮屑，這些髒東西會令皮膚痕癢。所以，我們要洗澡，洗掉皮膚上的髒東西和細菌，讓皮膚保持健康。

有一天，飛來一隻小鳥，他又累又髒，渾身黑黑髒髒的。

「你從哪裏來啊？」水先生問他。

「我從一個人們都很悲傷的地方來，在那裏，太陽光無法穿透黑色的雲層，五顏六色的色彩都不見了。」

「我們得去幫助他們！」水先生說。

在太陽先生的猛烈照射下，水先生變成了輕盈的水蒸氣，然後升天化成了小水點，再聚集成一朵雲。

空氣小姐將他吹向城市。

「我給你們做嚮導。」小鳥說。

煙霧有哪些危害？

煙霧中含有有害氣體，會影響人體呼吸系統的健康；在煙霧瀰漫的日子，會使能見度降低，影響駕車人士開車和飛機升降等；有些含有致癌物質，甚至會增加人們身體患病的風險呢。

一段長途旅行之後，四個朋友來到了城市上空。
整個城市都被黑色的煙霧籠罩着。
煙霧是從一家工廠裏排放出來的。

水先生探下身去查看。

「那不是卡爾米尼奧嘛！」他驚歎道。

這個熱愛色彩的畫家，正悲傷地待在家裏，什麼也畫不出來。

而城市裏的居民沒有一個是快樂的！

每個人都會有不開心的時候，想一想，當你不開心的時候，做什麼樣的事情會讓你心情變好呢？和爸爸媽媽或是好朋友說說看。

水先生把他的計劃告訴了同伴：「讓我們改變這一切吧！空氣小姐，請你把黑色的煙霧吹走。太陽先生，請你為雨水添上色彩吧。」

空氣是如何吹走煙霧的？

當空氣流動時，就會產生風，然後，風就可以將煙霧吹走了。

當太陽光照射在小雨滴上，天空中出現了一道美輪美奐的彩虹。

或許你已經看過彩虹了，試着回想一下，彩虹是由幾種顏色組成的，分別是哪幾種顏色呢？

答案：
七種顏色，分別是：紅、橙、黃、綠、藍、靛、紫。

各種色彩重新回來了，每個人都非常興奮。

畫家沉醉在五彩繽紛的色彩中，他又開始畫畫了。

興奮是一種開心的心情，想一想，什麼事情會讓你興奮或是開心呢？告訴爸爸媽媽吧。

水先生決定把彩虹也帶到工廠裏。

工廠老闆突然受到啟發，他連忙去改裝工廠裏的傳動裝置，向大家宣布：「從今天起，我們只生產畫畫用的顏料。」

用畫筆蘸顏料可以畫出不同的顏色，其實自然界的各種蔬果也是有顏色的，快來認識一下吧。

- 西瓜汁是紅色的。
- 奇異果汁是綠色的。
- 橙汁是橙色的。
- 菠蘿汁是黃色的。

所有的一切又都變得清澈和寧靜了。

卡爾米尼奧為水先生畫了一幅美麗的肖像畫，並對他說：「謝謝你的幫助。」

水先生回答：「要感謝你才對，是你讓我認識到色彩的美麗。」

請仔細觀察，圖畫中出現了哪些動物和昆蟲？說說看。

參考答案：蜜蜂、蝴蝶、乳牛、蝸牛、毛毛蟲、蚯蚓、小鳥等。

科學小實驗

現在就來和色彩一起玩遊戲吧！

你會學到許多新奇、有趣的東西，

它們就發生在你的身邊。

顏色魔法

你需要：

三瓶三原色（黃色、藍色、紅色）的顏料

難度：

三枝滴管（只有一枝也沒關係，但每次取液體時要清洗乾淨）

一個裝滿清水的罐子

或者是一個透明的塑膠瓶

一根棍子

做法：

利用滴管取一滴顏料，比如藍色，滴到清水裏。

2 觀察顏料是如何在水裏擴散開來的。

3 用棍子攪拌，使水全部變成藍色。

4 再取一滴黃色的顏料，滴到已變成藍色的水裏，看看會發生什麼變化。

變成綠色了！

繼續用其他顏色來做實驗，看看你能創造出多少種不同的顏色吧。

彩虹水滴

你需要：

一個噴壺

太陽光

水

難度：

做法：

在噴壺裏裝滿水。

2 調節噴壺的噴嘴：噴出的水花最好是像雲朵一樣，細細柔柔的，不能像雨滴那樣。

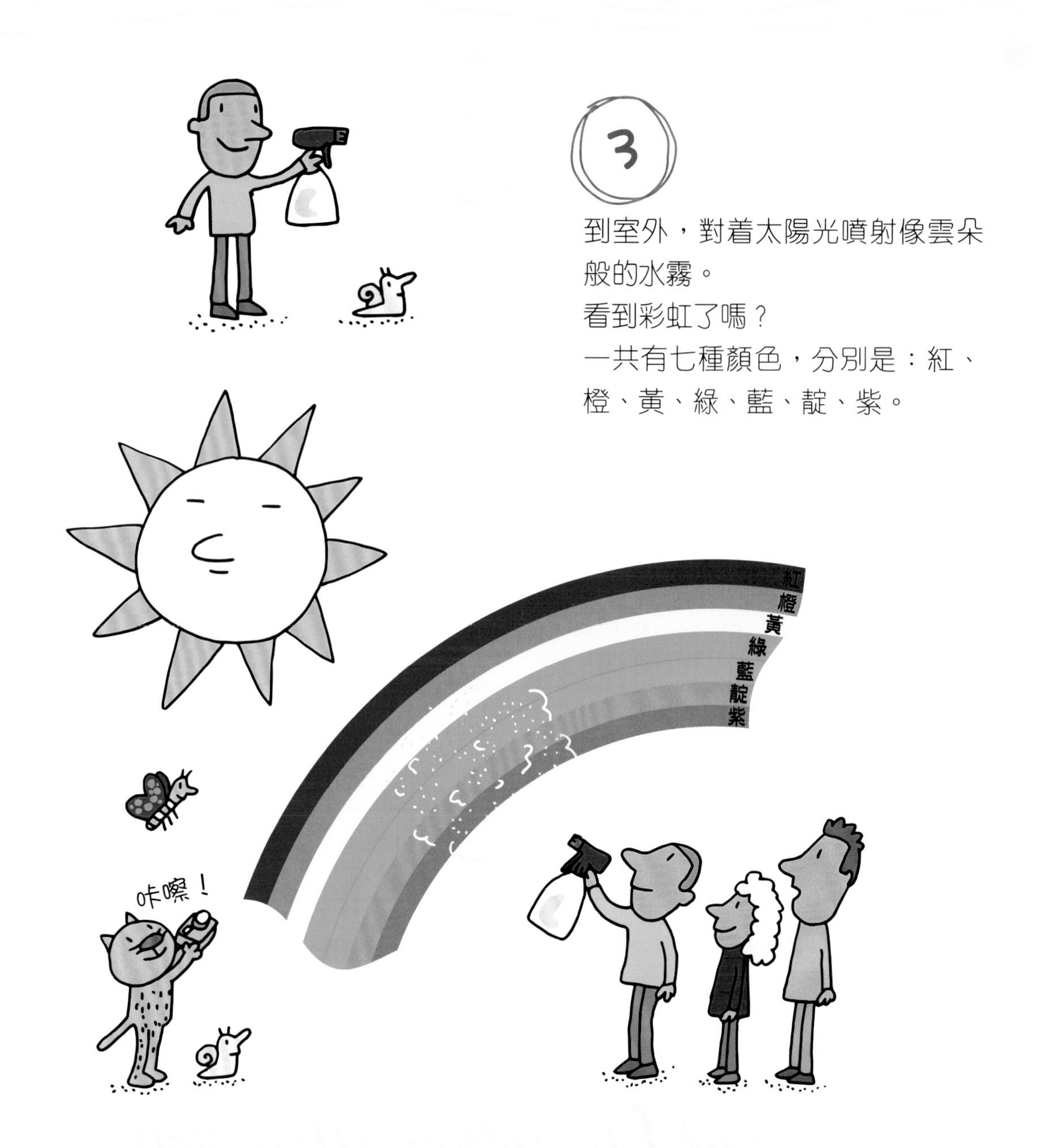

3

到室外，對着太陽光噴射像雲朵般的水霧。
看到彩虹了嗎？
一共有七種顏色，分別是：紅、橙、黃、綠、藍、靛、紫。

如果你不能夠看到彩虹，試着換一個角度再噴射，你一定可以看到彩虹的。

好奇水先生
美妙色彩變變變

作者：〔意〕Agostino Traini
繪圖：〔意〕Agostino Traini
譯者：張琳
責任編輯：曹文姬
美術設計：何宙樺
出版：新雅文化事業有限公司
香港英皇道499號北角工業大廈18樓
電話：（852）2138 7998
傳真：（852）2597 4003
網址：http://www.sunya.com.hk
電郵：marketing@sunya.com.hk
發行：香港聯合書刊物流有限公司
香港荃灣德士古道220-248號荃灣工業中心16樓
電話：（852）2150 2100　傳真：（852）2407 3062
電郵：info@suplogistics.com.hk
印刷：中華商務彩色印刷有限公司
香港新界大埔汀麗路36號
版次：二〇一五年五月初版
二〇二一年十月第三次印刷

ISBN: 978-962-08-6313-4

Original Title: Che bei Colori, Signor Acqua

18/F, North Point Industrial Building, 499 King's Road, Hong Kong
Published in Hong Kong, China
Printed in China